LES DERNIERES BARRICADES DE PARIS.

EN VERS BVRLESQVES.

AVEC AVTRES VERS ENVOYEZ A

MONSIEVR SCARRON

SVR L'ARRIVE'E D'VN CONVOY A PARIS.

Iouxte la Coppie Imprimée

A PARIS,

Chez NICOLAS BESSIN Imprimeur & Libraire, au
Palais en l'allée S. Michel.

M. DC. XLIX.

LES DERNIERES
BARRICADES DE PARIS.

IE veux chanter les Barricades,
Et les populaires boutades,
Dont tout Paris fut alarmé
Lors que le Bourgeois tout armé
Donna de si belles vezardes
A nos braues soldats des Gardes,
Et fist voir que le Batelier
Est dangereux sur son paillier.
Raconte moy, muse grotesque,
D'où vient cette humeur soldatesque,
Apprens moy de ces mouuemens
Quels furent les commencemens,
Et quel succez eut la furie
De la nouuelle Iaquerie.
Depuis tantost cinq ou six ans
L'auarice des Partisans,
Traitans, Soutraitans, gens d'Affaire,
Race à nostre bon-heur contraire,
Pilloit auec impunité
Les biens du peuple en liberté,
Et sous pretexte du Tariffe
Rien ne s'échappoit de leur griffe.
Ce mal nous alloit deuorant,
Et comme l'on voit vn torrent
Tombant du sommet des montagnes
Se répandant sur les campagnes,
Etendre par tout sa fureur,
Porter la crainte & la terreur
Dans les villes & les villages;
Ainsi l'excez de leurs pillages
Comme celuy de leur pouuoir
Nous reduisoit au desespoir,
Quand le bon Demon de la France
Touché de voir nostre souffrance,
Fist que perdans le iugement
Ils se prirent au Parlement,

Se promettant que leur malice
Triompheroit de la Iustice:
Et que ce grand Corps atterré,
Leur repos seroit asseuré.
La Polette fut la machine
Qui fut destinée à sa ruine,
Et le piege que l'on rendit
Aux Officiers certain Edit,
Qui leur mettoit en apparence
Leurs Offices en asseurance.
On demandoit par cet Arrest
Comme par maniere de prest
Quatre années de tous leurs gages,
Mais lors que l'on vient aux suffrages,
Il parut & non sans raison
Dessous le miel quelque poison,
Dont la liqueur estoit mortelle
A la santé de l'escarcelle.
En mesme temps de tous costez
Des autres corps les Deputez
Attaques de pareilles craintes,
Arriuent, parlent, font leurs plaintes
Contre la persecution,
Implorant la protection
De ceux qu'ils appellent leurs Peres,
Disent l'estat de leurs miseres,
Et que sans doute ils sont perdus
Si par eux ne sont defendus,
Demandant que chacun s'vnisse
Pour resister à l'iniustice,
Et remonstrer coniointement
A la Reyne ce traitement.
Cet affaire mis en balance
Fut estimée de consequence.
Et comme il ne faut sottement
S'embarquer, ny legerement.

B ij

L'vnion tres-fort baloté
Ne fut pas d'abord arreftée,
Les regiftres font apportez
Et foigneufement confultez:
On lit, on voit, on examine
La Loy Ciuile & la Diuine:
Mais en fin, pour conclufion,
Les voix furent à l'vnion:
Les Partifans par cette voye
Voyans éuanoüyr leur proye,
Et leur fonds eftre diuerty,
Duquel ils auoient fait party,
Et s'il faut dire quelque auance,
Batifent cecy d'infolence,
Qui fait breche à l'autorité
De la Royale Majefté,
Ainfi qu'aux droits de la Couronne,
De tous coftez cecy refonne,
Et le Confeil fait vn Edit
Qui l'vnion leur interdit;
Le Parlement demeura ferme,
Et la chofe eftant en ce terme,
On mift, par amis du Confeil,
Au mal vn fecond appareil.
Et pour diffiper cet orage
Quelques gens furent mis en cage,
Si l'on fift mal, fi l'on fift bien,
Ie m'en rapporte & n'en fçay rien,
Et pour dire vray ne me pique
De me connoiftre en Politique,
Car en ce meftier le hazard
A fouuent la meilleure part:
Aux nouuelles de cette prife
La Bazoche fut fort furprife,
Ce mal au lieu de fe calmer
Parut de nouueau s'allumer,
On s'affemble, on crie, protefte,
Qui jure, qui gronde, qui pefte,
Quelqu'vn parle plus hautement
Et fe plaint du gouuernement,
I'entens celuy de la Finance,
Pour l'autre on garde le filence,
C'eft bien affez de le penfer,
De peur de fe trop auancer:

Cependant la Reyne Regente,
Comme elle eft fage & tres-prudente,
Voulant à cecy promptement
Trouuer quelque temperament,
Remift, penfant calmer l'affaire,
La Polette à fon ordinaire;
Fift reuenir les exilez
De la frontiere rappellez:
Mais defendit aux Compagnies
De fe trouuer encor vnies,
Puifque leur remettant le preft
Elles eftoient hors d'intereft.
Neantmoins Meffieurs des Enqueftes,
Dont aucuns font de fortes teftes,
Et d'ordinaire à dire net,
L'ont affez pres du bonnet,
Furent d'opinion contraire:
L'vn dit, Meffieurs, c'eft vn myftere,
Si nous ceffons d'eftre affemblez
Dans trois jours nous fommes fanglez,
Nos biens, de mefme que nos vies,
Releueront de ces Harpies;
En fin, ce n'eft pas d'aujourd'huy
Qu'on dit, ce qu'il te fait, fait luy:
Machiauel, grand Politique,
Qui des Cours auoit la pratique,
Dans fon damnable art de regner
Ne l'a fceu que trop enfeigner:
Toutes les faueurs apparentes
Sont des marques tres euidentes
Du venin caché là deffous.
Helas, Meffieurs, fouuenez-vous
De Sinon, du cheual de Troye,
Comme Ilium fut mis en proye,
Et le vieil Priam peu rufé,
Sous vn faux cheual abufé:
Permettez que ie vous le die,
Tout cecy n'eft que Comedie,
Les biens receus hors de faifon,
Les recompenfes fans raifon,
Ainfi que les chants des Sirenes
Marquent les tempeftes prochaines,
Le falut dans vn mauuais pas
Confifte à ne relacher pas,

Souuent c'est proche du riuage
Que les matelots font naufrage ;
En deux mots voicy mon auis
Si mes fentimens font fuiuis :
Meffieurs, auant toute autre chofe,
Afin d'affermir noftre caufe
Qui n'eft pas fans befoin d'appuy,
Nous conclurons tous aujourd'huy
Que l'on foulage la canaille,
Qu'on remette vn quart de la taille,
Que de nos pays defolez
Les Intendans foient rappellez :
Que les Eleus bien que vermine
Exercent au moins pour la mine,
Et foient mis en leurs fonctions,
C'eft par telles inuentions
Que le peuple prompt & volage
Se meut, fe conduit & s'engage,
Quand le peuple fera pour nous
Sans doute qu'on filera doux.
Mais fi nous manquons cette voye,
Quelque temps calme que ie voye,
I'apprehende fort l'interdit,
Songez-y bien, Meffieurs, i'ay dit.
Lors chacun parlant à l'oreille
Auec fon voifin fe confeille,
Faut-il le croire, ce dit-on,
L'vn dit qu'oüy, l'autre que non,
Tel eft d'opinion diuerfe,
L'vn la fuit, l'autre la trauerfe ;
L'vn dit que c'eft trop attenté ;
L'autre la feule feureté,
Cette venerable confulte
Auoit fort de l'air d'vn tumulte,
Et comme nous voyons fouuent
Lors que l'on chaffe à mauuais vent
Que des voix de diuers mélange
Font aux vieux chiens prendre le cháge,
Ou confus dans vn fi grand bruit
Ne fuiure les voyes la nuit,
Encor' que parmy cette émeute
Les Prefidens chefs de la meute
D'abord ne donnaffent les mains,
Tous leurs obftacles furent vains,

Sans fruit les vieillards refifterent ;
En fin les fondeurs l'emporterent,
Et fuiuant leur intention
L'on fe tint à la jonction.
D'Emery contre fon attente,
Trouua la fortune changeante,
Par des confeils accommodans
On reuoqua les Intendans.
La Reyne méme, à ce qu'il femble,
Trouue fort bon que l'on s'affemble,
Gens de Palais & gens de Cour
Ont conference à Luxembour,
Le Duc d'Orleans fils de France
Au Parlement prift fa feance,
Et le feu loin de s'embrafer
Paroiffoit quafi s'appaifer,
Alors que la prifon nouuelle
Du bon-homme Monfieur Bruxelle,
Riche d'honneur, pauure de biens,
Arma tous fes concitoyens.
Ce fut au temps que la victoire
Amoureufe de noftre gloire
Fift à Lens, ainfi qu'à Rocroy,
Triompher noftre jeune Roy
De ces redoutables cohortes
Qui fembloient menacer nos portes.
L'illuftre Prince de Condé
Par fon courage fecondé,
Auec fes troupes comme vn foudre
Mift tous leurs Efcadrons en poudre,
En les fuiuant jufqu'à Doüay
Vengea la perte de Courtray,
Chacun beniffoit fa proüeffe,
Tout eftoit remply d'allegreffe.
Mais comme en vn beau jour d'Efté
Plein de lumiere & de clarté,
Le Ciel fe couurant de nuage
Change le beau temps en orage,
Et des ruiffeaux font vne mer,
Noftre plaifir deuint amer,
La joye en nos cœurs preparée
Ne fut pas de longue durée :
De tout temps nos Roys tres-pieux,
Par vne zele deuotieux.

B.

Quand le Ciel a beny nos armes
Et la valeur de nos gendarmes
Vont en cortege folennel
Rendre graces à l'Eternel,
Dedans le Temple où l'on reuere
Le nom de fa tres-chafte Mere,
Les Gardes dès le point du jour
Affemblez au fon du tambour
Deffus le Pont-neuf fe logerent
Et par les ruës s'arrangerent,
Quand la Reine eftant de retour,
Vn bruit s'épand tout à l'entour
Que l'on auoit pris le bon-homme
Que le peuple fon Pere nomme.
L'vn dit, on l'a mené par là,
L'autre cecy, l'autre céla,
Le murmure échauffe les biles
Des Batteliers gens mal dociles,
Et chacun s'arme aux enuirons
Qui de crocs, & qui d'auirons ;
De caillous, de pics & de pelles ;
De bancs, de treteaux, d'efcabelles,
De barres de fer, de leuiers,
De grez que l'on prend aux lauiers.
Ce peuple farouche & fantafque,
Iure, maudit, pefte, renafque,
Tout eft plein de confufion ;
D'horreur & de fedition,
Des plaintes on vient aux murmures,
Aux cris, aux fureurs, aux injures,
Et les Soldats du Regiment
Repouffez affez brufquement,
Voyans leur partie trop mal faite
Firent vne prompte retraite,
Et dans ce bizare combat
Quelques-vns font mis au grabat,
Le peuple fait des Barricades ;
Les pourfuiuant auec brauades
De tous coftez on fait grand bruit,
On court, on s'auance, l'on fuit,
Maçons, Charpentiers, Etuuiftes,
Imprimeurs, Relieurs, Copiftes,
Garçons de Pofte & de Relais,
Colporteurs & Clercs du Palais,

Tailleurs, Pages d'Apotiquaires ;
Maquignons, Ecorcheurs, Libraires,
Fourbiffeurs, Charrons, Batteliers,
Crocheteurs, Doreurs, Ecoliers,
Crieurs de noir & d'eau de vie,
Moutardiers & vendeurs d'oublie ;
Crieurs de paffement d'argent,
Affiftans, Recors & Sergent,
Meneurs de bacquets & broüette,
Marqueurs, enfans de la Raquette,
Porte chaires, paffeurs de Bac,
Vendeurs de pipes de tabac,
Cureurs de puits & de gadoüe,
Charetiers qui menent la boüe
Marefchaux, Forgerons, Celliers,
Par tout s'épandent par milliers :
Aux Halles les Fripiers s'armerent,
Et les Bourgeois fe cantonnerent,
Aupres auffi bien comme au loin,
Sur le Quay, fur le port au Foin,
Chacun fon compagnon reclame,
Fourbit fon moufquet & fa lame,
Et jure fans ceffe morbieu,
Prend l'hallebarde ou quelque épieu.
Cette martialle journée
Par la nuit ne fut terminée,
On oit de moment en moment,
Sans fçauoir pourquoy ni comment,
Aux portes & par la feneftre,
Peter fortement le falpeftre,
Et ces gens, à n'en mentir point,
Eftoient braués au dernier point,
Le lendemain la belle Aurore
Les trouua tous armez encore,
Et comme ils n'auoient pas dormy,
Remplis de vin plus qu'à demy,
De ce jus leur ame échauffée
Se promettoit quelque trophée :
Le Chancelier à ce matin,
Conduit par fon mauuais deftin,
Portoit à la Cour Souueraine
Vn ordre enuoyé par la Reyne :
On luy crie demeure là,
Luy furpris de ce qui va là,

Terme ordinaire de milice,
Peu conneu des gens de Iustice,
Les ayant appellez mutins
Gaigna le Quay des Auguſtins :
Le peuple s'émeut dans la ruë,
Le ſuit, le clabaude, le huë :
Son carroſſe fendit le vent,
La troupe le va pourſuiuant,
Et d'vne ardeur fiere & mutine
Inueſtit l'Hoſtel de Luyne,
Rompt la porte de la maiſon,
L'vn en ſa main tient vn tiſon,
Vn chenet, vne lichefritte,
Le couuercle d'vne marmitte,
Ils jurent tous qu'ils en mourra
Et que rien ne le ſauuera,
Luy reduit à cet acceſſoire,
Et qui pour auoir leu l'Hiſtoire
Sçait fort bien comme d'autrefois
Sous le regne des anciens Roys,
Vn Chancelier fut mis en broche
Par le noble écotcheur Caboche,
Aſſiſté de quelques mutins,
Vulgairement des Maillotins,
Crût ſa derniere heure venuë,
A deux genoux la teſte nuë,
Dans ce peril rude & preſſant
Il inuoquoit le Tout-puiſſant,
Et fiſt, ainſi qu'on le peut croire,
A l'Eueſque de Meaux ſon frere,
De ſes pechez confeſſion,
Auecque proteſtation,
Que ſi du danger il échappe,
Iamais plus on ne l'y attrape :
De ces angoiſſes oppreſſé,
Auſſi pâle qu'vn trépaſſé,
Les Gardes viennent à la file,
D'abord la canaille fait gile,
Et ſuruint à cet accident.
Le Mareſchal Surintendant,
Touiours fier comme ſon eſpée
Au ſang des ennemis trempée,
Dont il occit vn Crocheteur
Qui n'eſtoit là que ſpectateur,

Excitant ſur luy mainte pierre,
Qui penſa le jetter à terre,
Et d'Ortis arriuant ſoudain
Priſt le Chancelier par la main,
Que la Cronique mediſante
Dit, qu'il auoit froide & tremblante,
Et ce grand Miniſtre d'Eſtat
Echappé de cet attentat,
Crainte de pareille bouraſque
Auec la viteſſe d'vn baſque,
Alla chercher ſa ſeureté
Au Palais de ſa Maieſté.
La fuite de cette heure extreme
Pour tous les ſiens ne fut demeſme,
Auprés de luy l'Exempt Picot
A la mort paya ſon eſcot.
Sa triſte & funeſte auenture,
Sans qu'il ſoit beſoin qu'on en jure,
Fait voir que pour ne pas mourir,
Il n'eſt rien tel que de courir,
Et qu'en de ſemblabes affaires
Les jambes ſont tres-neceſſaires.
Laiſſons ce Miniſtre diſpos,
Au Palais Royal en repos ;
Faiſons vn tour parmy les ruës ;
Par tout les chaiſnes ſont tenduës,
Des caues on ſort des tonneaux,
On amene des tombereaux,
Des chariots & des charettes,
On appreſte les eſcoupettes,
Et nos Bourgeois tous reſolus,
Vieux Soldats tout frais émoulus
Sont attachez aux Barricades
Comme forçats à leurs rocades.
Carmeline l'Operateur,
Veſtu d'vn colet de ſenteur,
Chauſſes de Damas à ramage,
La groſſe fraiſe à double étage,
Bas d'attache & le brodequin
De vache noire ou maroquin,
Le ſabre pendant ſur la hanche,
Et ſur le tout l'écharpe blanche,
Tenant en main bec de corbin,
Monté ſur vn cheual Aubin,

Gardoit auec six cens & onze
La poste du cheual de Bronze,
Et fist assez diligemment
Vn bizarre retranchement.
De cette belle architecture
A peu pres voicy la peinture :
De l'vn jusqu'à l'autre pillier
On met les dents d'vn ratelier,
Sur les dents on mist les machoires,
Des brayers, des suppositoires,
Des Pollicans, des Bistoris,
Des boëtes de poudre d'Iris,
Des chalits, des portes, des cruches,
Des coquemars, des œufs d'Autruches,
Quelques saloirs remplis de lard,
Et sur ce solide rempart
On fist vn parapel de grilles
Par où guignoient deux crocodilles,
Il est vray qu'ils ne viuoient pas,
Mais chacun ne le sçauoit pas,
La forme estoit pentagonale,
Triangulaire ou bien ouale,
Qui voudroit en leuer le plan,
Ne le sçauroit en moins d'vn an.
Ie le donne au grand Archimede,
Aux compagnons de Diomede,
A Vitruue, à Nostradamus,
A feu l'ingenieur Camus,
Gamorin, Targon & de Ville ;
A Roberual qui môntre en ville,
Villedor, Mercier, Meltrezeau,
Saint Felix, le Pautre, le Veau,
Iean Titiot qui fist la digue
Dont le dessein a fait la figue :
Aux Ingenieurs des Alemans,
Aux Italiens & Flamans,
A Stein comme au sieur des Cartes,
A Blau qui décrit tant de cartes,
A Mercator, à Oudiner,
Au Geographe Bertiner,
Auec compas Mathematiques,
Instrumens noueaux & antiques,
D'en faire la description
Dans la juste dimension,

Tant l'on auoit mis d'artifice
A bastir ce noble edifice.
A la Halle & aux enuirons
On se retranche de marrons,
De citroüilles, pommes pourries,
De choux, de concombres, d'orties,
De cresson, pourpier & naueaux,
Artichaux, raues & poreaux,
Prunes, citrons, poires, oranges,
Les cabats traisnent dans les fanges,
Et le cordon de ce trauail
Fut fait de fine gousse d'ail,
Où l'on adjouta quelques bottes
De tres-puantes échalottes,
Ce qui faisoit vn bel effet,
Dont le peuple fut satisfait,
Derriere, maintes Harangeres,
Plus affreuses que des Megeres,
Mettant la main sur les roignons
Crioient, par la teste aux oignons
Ces traistres nous l'ont donnée belle,
Viue le Roy, viue Bruxelle,
Viue la Cour de Parlement,
Et sucre du gouuernement.
Elles adjoutoient autre chose
Qui ne se peut dire qu'en prose,
Harangeres certainement,
A le dire confidamment,
Meritoient d'estre fessées
Et d'auoir les langues percées.
Mais passons aux autres cartiers,
Où les garçons de tous mestiers
Quittans le soin de la boutique
Prenoient l'hallebarde ou la picque,
Le coutelas, ou l'espadon,
Le brin d'estoc ou le bourdon,
Chacun saisissant à la haste
Ce qui se trouue sous sa pate.
Seruantes au haut des greniers
Portoient cailloux à pleins paniers,
Les femmes estoient aux fenestres,
Tout s'en mesloit horsmis les Prestres :
Mais ceux qui n'estoient qu'*insacris*
Animoient les gens par leurs cris,

De.

De Barricade en Barricade
Conſtantin ioüoit ſa boutade,
Et par vn Martial fredon
Sonnoit l'allarme en faux-bourdon,
Au milieu de ce grand deſordre
On voit arriuer en bonne ordre,
A pas comptez & grauement,
L'illuſtre Cour de Parlement,
Tout le peuple leur fait grande feſte :
Eux inclinant par fois la teſte,
Auec vn modeſte souſris,
Flattoient ces nouueaux aguerris.
A leur abord la populace
De tous coſtez s'ouure, & fait place,
Diſant, Allez nos Protecteurs,
Aboliſſez les Colecteurs,
Ou bien du moins faites en ſomme
Que vous nous rameniez noſtre homme,
Cependant au Palais Royal
On diſcouroit qui bien, qui mal,
L'vn diſoit c'eſt trop entreprendre,
L'autre ils font bien de ſe deffendre.
En fin la Reyne les receut,
Et les Huiſſiers ayant fait chut,
Molé d'vn viſage aſſez ferme
Luy parle à peu pres en ce terme :
Reyne l'Image du grand Dieu,
Si nos ſouhaits auoient eu lieu,
Et que pour le bien de la France
On euſt pris en nous confiance,
Ce tumulte hors de propos
Ne troubleroit voſtre repos.
Quoy, dans l'allegreſſe publique,
Par vne fauſſe Politique
Mettre hors de temps & ſaiſon
Les bons Magiſtrats en priſon :
Pour auoir auec aſſeurance
Dit leur auis en conſcience ;
Ce qui maintient les Potentats,
Le plus ferme appuy des Eſtats,
Eſt de regner auec Iuſtice.
Mettre en vſage l'artifice,
La fourbe & le déguiſement,
C'eſt en ſaper le fondement.

Madame, ces mauuais copiſtes
Des conſeils Machiaueliſtes
Qui ſeduiſſent voſtre douceur,
Eloignant de nous voſtre cœur,
Par des raiſons imaginaires
Au bien de voſtre Eſtat contraires,
Vous diſant pour leur intereſt
La choſe autrement qu'elle n'eſt :
Mais las ! il n'eſt plus temps de feindre,
Tout s'émeut, le peuple eſt à craindre,
Dieu quel peuple ! vn grãd peuple armé,
De rage & fureur animé,
Qui met ſon ſalut en ſes armes,
Lors quelques veritables larmes,
Quoy que diſent les enuieux,
Parurent couler de ſes yeux ;
Puis auec la meſme eloquence,
Auec vne entiere aſſeurance
Il pourſuiuit : Ne craignez pas,
Madame, de faire vn faux pas,
Cedant comme il eſt neceſſaire
A la fureur du populaire,
Quand le vent agite les flots
Les plus habiles matelots
Pour ſe garantir du naufrage,
Par vn conſeil prudent & ſage,
Au lieu de reſiſter au vent
Calent le voile bien ſouuent,
Et les yeux arreſtez ſur l'Ourſe
Nauigent d'vne oblique courſe.
Ce que pratique les Nochers
Parmy les bancs & les rochers,
Aprend aux Rois à ſe conduire
Dans les troubles de leur Empire,
Comme ce perfide element,
Le peuple s'émeut aiſément,
Mais il s'appaiſe tout de meſme,
Voſtre ſageſſe toute extréme,
Madame, éloignera de nous
Ce mal-heur dont ie crains le cours,
Et accordant à nos prieres
La liberté de nos Confreres ;
Le peuple à le meſme deſir,
Il n'y a pas lieu de choiſir,

C

Ie crains que perdant l'esperance
Il n'en vienne à la violence,
Ce font des cheüaux échapez,
D'ardeur & de fougue emportez,
Dont la fureur choque & renuerfe
Tout ce qui vient à la trauerfe
Faciles à s'effaroucher,
Difficiles à rapprocher.
Songez bien que cette iournée
Doit faire noftre deftinée,
Que pour le falut de l'Etat
Il faut terminer ce debat,
Et qu'à des troupes bien armées
D'vn iufte pretexte animées,
Les canons toüs prefts à tonner,
Refufer tout, c'eft tout donner.
La Reyne pleine de fageffe
Diffimulant auec adreffe ,
Luy repartit & accorda,
Non pas tout ce qu'il demanda,
Mais feulement vne partie,
Dont la populace auertie,
Quand ils fortirent les pourfuit,
Se plaint, murmure, & fait grand bruit.
Le Parlement tres-étonné
De ce fuccez inefperé,
Voyant que ces ames vulgaires
Traittoient ainfi leurs Tutelaires,
Fait de neceffité vertu,
Et de diuers foins combatu,
Deux à deux en belle ordonnance
Vers le Palais Royal s'auance:
Le peuple redouble fes cris,
Les plus hardis fe trouuoient pris,
Pefle mefle anec la canaille,
Le foldat fe met en bataille,
On murmure, on parle, on difcourt
Dans l'anti-chambre & dans la Cour:
Ainfi ces Meffieurs attiuerent,
Et par le grand degré monterent,
Chacun fe rengeant à l'entour,
S'enquiert d'où vient ce prompt retour,
L'vn difoit faifant grife mine,
Le retour vaudra bien matine,

L'autré d'vn gracieux maintien,
Croyez moy ce ne fera rien :
Et chacun felon fon genie
Rioit ou il n'en rioit mie.
Comme le mal eftoit preffant,
Que le danger alloit croiffant,
On refolut fans plus attendre
De relâcher & de les rendre,
Cheuaux & coches attelez
Et proches parens appelez
On s'achemine en diligence
Droit au Ménil Madame Rance,
Où Bruxelle eftoit arriué,
Ceux qui furent de ce cofté
Pafferent auec plus de peine
Que ceux qui eftoient à Vincenne.
Apres auoir fait maint detour,
Quand la nuit eut chaffé le iour
Sentirent fur eux pefle-mefle
Tomber de cailloux vne grefle,
Qu'en la tuë des Chiffonniers
On iettoit du haut des greniers.
Toute la populace émeuë
Crioit demeure, tuë, tuë,
Et dans ce populaire effort
Tout leur reprefentoit la mort.
Demeurer, c'eft chofe mortelle,
De reculer point de noüuelle.
Mais le Couldray fe refolut
Ainfi que le bon Dieu voulut,
De leur faire vne tentatiue.
On luy crie de loin, Qui viue ?
Viue le Roy ; ce n'eft affez :
Viue le parlement : paffez.
Qui eftes vous ? Gens des Enqueftes,
Fauorobles à vos requeftes,
Amis qui pour vous fecourir
Hazarderons iufqu'au mourir.
Tout de bon ? N'en faites nul doute.
Meffieurs, de nuict on ne void goute,
Mais d'aller ainfi fans flambeau,
Morbieu cela n'eft bon ny beau,
C'eft affronter le corps de garde,
Pour vous nous n'y prenons pas garde

A Nosseigneurs tout est permis,
Et vous estes de nos amis.
Eux échappez de la déroute
Suiuent pareillement la route,
Et firent si bien leur deuoir
Que Blanc mesnil vint dés le soir :
Cependant nos nouueaux gendarmes
Ne voulurent poser les armes,
Ni rentrer dedans leur maisons,
Ils alleguent mille raisons,
Disant que l'on les veut surprendre,
Qu'il se prepare vn grand esclandre,
Que l'on pretend les enfermer
Dans Paris pour les affamer,
Vser enuers eux de finesse,
Boucher le chemin de Gonesse,
Qu'il n'y a rien pour le certain
De si long comme vn iour sans pain,
Et qu'il y donneront bon ordre,
Tout Paris est plein de desordre,
De terreur, de crainte & d'effroy,
Sans neantmoins sçauoir pourquoy.
La nuict se passe de la sorte
Sans souffrir que personne sorte
De la ville dans le fauxbourg.
Quand le Soleil fut de retour
Quelques gens arriuent en foule,
Qui disoient que proche du Roulle,
A Boulongne & aux enuirons
Patroist quantité d'escadrons,
Qu'ils en ont veu bien prés de mille.
Le peuple à s'alarmer facile
Prend cela pour argent comptant,
Et s'en trouble tout à l'instant,
Gronde, tempeste, s'effarouche,
Dit ce qu'il luy vient à la bouche,
Et tout luy deuenant suspect,
Parlant sans crainte & sans respect,
Que ce mal heur est sans remede,
Et que la Reyne de Suede,
Konigsmarc & le Loup-garou
Ont pris leur quartier à saint Clou,
Quelqu'vn dit qu'il a veu la Seine
De monstres marins toute pleine,

Qui ont en main le coutelas
Conduits par le poisson Colas
Et que les ayans veu parestre,
S'approchant pour les reconnoistre
Soudain s'estans mis à plonger
De leur nombre il n'a peu iuger,
Que neantmoins la troupe est grande,
Et qu'ils sont bien plus d'vne bande,
Que l'on doit à son sentiment
Craindre vn funeste éuenement,
Et qu'il y a parmy ces bestes
Quelques Chimeres à cent testes.
Le peuple qui croit de leger,
Et qui ne craint que le danger,
Dit que cela pourroit bien estre :
Que mesmement deuant Bissestre
Il paroist des Magdaleons
Montez sur des Cameleons.
Que l'on y voit des Hypogrifes,
Des Caualiers ou Hieroglyfes,
Qu'entr'eux mesme sur vn dragon
On reconnoist le Roy Hugon,
Qui pour leur ruine certaine
Est party de Tours en Touraine.
Que cecy n'est point vision,
Et qu'ils sont plus d'vn milion,
Qu'ils iettent le feu par la gorge,
Qu'il faut mander M. saint George,
Lequel depuis plus d'an & iour
Au sepulchre fait son seiour,
Faire en sorte que la Pucelle,
Ainsi qu'il combatit pour elle,
L'engage en ce mal-heur pressant
Au secours d'vn peuple innocent.
La ville à cette renommée
De nouueau se voit rallumée,
Et quelque vin dessus le jeu
Dont ils auoient pris plus qu'vn peu,
Faisoit que les gens venerables
Estoient de raison peu capables,
Quand à neuf heures du matin
On vit au Faux-bourg saint Martin
Arriuer par bonne auenture
Monsieur Bruxelle & sa voiture.

Ce retour fut vn coup du Ciel,
Le peuple depofa fon fiel,
De deux coftez fe range en haye,
Mais pourtant craignant vne baye
Veut voir le bon homme chenu
Qui de force gens eft congnu,
Auffi toft qu'il monftre la tefte,
Chacun fon harquebuze prefte,
Son mousquet & fon poitrinal
Fait vne falue en general.
Par tout le cry fe renouuelle
Viue le Roy, viue Bruxelle,
Quatre cens hommes à l'inftant
Le conduifent tambour battant,
Et le promenent par les ruës:
Les chaines furent détenduës,
Tous les tonneaux font renuerfez,
Mais non les foupçons effacez;
Il eft conduit en la grand' Chambre,
Ses Compagnons furent le prendre:
En fuite vn Arreft eft donné,

Par lequel il eft ordonné
A chacun d'ouurir fa boutique,
Les Clercs reprendre leur pratique,
Moufquets remis aux rateliers,
Maçons prefts à leurs atteliers,
Les Charetiers à leurs charettes,
Les Vinaigriers à leurs broüettes,
Les Marefchaux à leurs marteaux,
Porteurs d'eau reprennent leurs feaux,
Les Charpentiers la befaguë,
Et la magnifique Cohuë
Tout doucement fe fepara,
Chacun chez foy fe retira,
A la Cour ainfi qu'à la ville,
Tout parut remis & tranquille,
Chacun reprit fa belle humeur,
Ainfi finit cet e rumeur.
Ie ne fçaurois vous faire entendre
S'il y a du feu fous la cendre;
Mais fans pouffer l'affaire à bout
Noftradamus & Dieu fur tout.

VERS BVRESQVES.

ENVOYEZ A MONSIEVR SCARRON,
fur l'arriuée d'vn Conuoy à Paris.

AMY Scarron, conftant malade,
Et plus qu'vn nauire à la rade,
Inébranlable dans ton lit,
Veux-tu fçauoir ce que l'on dit,
Voicy d'vn homme veritable
Le recit d'vn efpouuentable
Conuoy, qui nous vient de venir
Que le bon Dieu veüille benir,
Sans te parler de nos Gens-d'armes,
Ni de tant de beaux exploits d'armes,
Qu'a faits le grand Duc de Beaufort
Que tout Paris ayme fi fort,
Sans te parler de la retraite
Par les gens de Mazarin faite

Qui vouloient, prendre le Conuoy,
Il eft entré viue le Roy;
Noftre Bourgeois a dequoy frire,
Quoy qu'à la Reine on vueille dire
Que de faim la ville perit,
En ce temps que tout s'aguerrit,
Marchoient les premiers en bataille
Cinq cens cochons de belles taille,
Ils tenoient mieux leur grauité
Que Caron qu'on a tant vanté
Et fe carroient à noftre veuë
Comme pourceaux dans vne ruë,
Leur bataillon fage & difcret
Laiffoit vn eftron à regret,

Mais

Mais parce qu'ils marchoient en ordre
Chacun le laissoit sans le mordre,
Aussi ses sobres animaux
Reconnoissoient des Generaux,
Vn gros verrat leur Capitaine
Se faisoit obeïr sans peine,
Quatre autres seruans de Sergens
Les tenoient chacun dans leurs rangs,
Et tout d'vn temps serrant la fille
S'auançoient deuers nostre Ville,
Pour le bruit qu'ils faisoient ce iour,
Ie n'entendis pas leur tambour,
Leurs chefs de grande experience
Ne pouuoit obtenir silence,
Mais pardonnons leur aisément
Puisque dans ce point seulement
Qu'on ne les pouuoit faire taire,
Ils violoient l'art militaire,
Et dit on que cet animal
Crioit contre le Cardinal,
Iamais vn soldat en furie
N'alla mieux à la boucherie
Au reste ces guerriers prudens,
Portoient des viures pour long temps,
Ce qui fait que ie te le mande
C'est que i'ay sceu d'vn de leur bande
Que parmy leurs prouisions
Ils auoient chacun deux jambons,
Et du lart à faire potage
Les vns moins, d'autres dauantage.
  Apres ces Messieurs les gorets,
Pour soustenir leurs interests
Il marchoit en corps dans la plaine
Vn troupeau de bestes à laine,
Vulgairement dits des moutons
Qu'on menoit à coups de bastons,
Moutons que tous nos premiers peres,
Ont estimé peu sanguinaires,
Qui ne iurerent iamais Dieu,
Et qu'on plaça dans le milieu,

Pour n'auoir pas l'humeur actiue,
Ains auoir l'ame fort craintiue
Et telle que l'ont ces soldats
Qui lunisy ne passent pas.
Ils estoient en nombre deux mille
Qui drilloient tous vers nostre Ville;
Leur chef estoit vn peu guerrier,
C'estoit vn illustre bellier,
Qui bondissoit par la campagne
Comme vn ieune cheual d'Espagne,
Il ne demandoit qu'à heurter
Ce qui se vouloit presenter,
Et si par sa teste bessée
I'ay peu iuger de sa pensée,
Plus courageux que n'est vn coq,
Il ne respiroit que le choq,
En effet de ses cornes fortes
Il s'en vint heurter à nos portes,
Que si tost qu'on le vid courir
Le bourgeois se hasta d'ouurir:
En suitte venoit vne troupe
De huict cents bœufs à faire souppe,
Bref ces pourceaux, moutons & bœufs
Escortez par Messieurs d'Elbeuf,
Vitry, Narmontier, la Bouillaye
Leur faisoient vne belle haye.
Mesme le grand Duc de Beaufort
Empeschoit qu'on ne leur fist tort,
Tous ces guerriers braues & ieunes
Nous ont sauué beaucoup de ieûnes,
Ie passe pour faire plus court
Le vaillant la Mothe-Houdancourt,
A qui tout le petit poëte
Cent benedictions souhaitte
Comme il fait à nostre bon Roy,
Comme il fait à tout le Conuoy,
A ces Messieurs dont la prudence
Va faire refleurir la France,
A toy Scarron, amy Lecteur,
Dont il est fort le seruiteur.

D.

REQVESTE
DES PARTISANS
PRESENTÉE A MESSIEVRS
DV
PARLEMENT·

SVPPLIE auec humilité,
Le Scindic & Communauté
De l'Agent, qui d'argent depeuple,
Aussi bien les grands que le peuple,
Maltotiers autrement nommez,
Mordans comme Loups affamez,
Exigeans sur toutes d'enrées
Droits de sortie, ou bien d'entrées ;
Prenans force decoctions
D'imposts, ou de Subuentions,
Mangeans en bisque ou amelettes
Du pauure peuple la Caillette,
Prenans tous les iours vn boüillon
D'aydes, de Tailles, & Taillon.
Ayans beaux logis, beaux Carrosses,
Et cheuaux qui ne sont pas rosses.
Meublez comme gros Financiers
Et vestus en mille-soudiers,
Faisans grand feu & bonne table,
Mais au dépens du miserable.
Ioüans à la prime & grand flux
Les droits & gages des Esleuz,
Maintenant si gueuse racaille,
Qu'ils n'ont pas vn habit qui vaille,
Et les femmes à tous les iours
Mettent leurs antiques atours,
A faute de trouuer des dupes
Qui leur baillent nouuelles iupes ;
Dont certes, c'est moult grand pitié
Pour eux & leur chere moitié,

Qui va bagues & joyaux vendre
Pour de la male faim deffendre
Sa geniture & son mary,
Qui de ce est tres-fort marry.
Mais faut appaiser la furie
De Monsieur le ventre qui crie,
Et voudroit bien tant est goulu
Qu'il ne fust point ventre d'Esleu ;
Et de telle Magistrature
N'auoir aucune nourriture,
Se voyant traiter en coquin,
Quoy qu'ils portent soye & satin,
Et iurant s'il n'a dequoy paistre
D'enuoyer au Diable son Maistre,
Qui n'ayant maille ny denier
Tout son saoul le laisse crier.
Iadis faisoient bien autre chere,
Quand y auoit moindre misere,
Car, Manant quand chez eux alloit,
Sous son bure porter souloit,
Pour estre rauallé de taille,
Grasse oye, ou bien quelque volaille,
D'autre fois perdrix ou Lapin,
Achetté de son saint Crespin,
Telle viande estoit cherie
Plus que celle de boucherie,
Que mainte fois on delaissoit,
Pour le Chappon qui rotissoit.
Mais à present que nul n'apporte
Et que necessité tres-forte

Retient le Payfant chez foy,
Pour faire deniers pour le Roy,
Et vendant cheuaux & charuë
Pour fubuenir à la grand Cruë,
N'ofant s'en venir au marché
De crainte d'y eftre accroché
Par Sattellites qu'on appofte
Pour le faire defcendre en pofte
Dans vn Repaire de Crapaux,
A faute de payer fon taux.
De la difette du Village
Se fent bien le pauure ménage,
Puis tous leurs gages retranchez
Font qu'ils font mal enharnachez,
Et qu'en leurs Cuifines & Caues
N'y a que du Cidre & des Raues.
Encor c'eft chofe claire à tous,
Qu'ils n'en mâgent pas tout leur faouls;
Leur table en pauureté fuperbe,
Fait, qu'on dit en commun prouerbe,
Il n'eft rien de fi morfondu
Que la Cuifine d'vn Eflu,
Sans que de tel dire on excepte
Prefidens, ou faifans-recepte,
Qui n'ont fur fi trifte troupeau
Qu'vne voix plus & vn bureau.
Mais en laiffant là leur méfaize
Et fi prolixe parenthefe,
Vous remôntrent les Partifans
De toutes efpeces, DISANS
Qu'ils ont appris à la mal-heure
Que Maiefté, quoy que mineure,
Sans reflechir par elle affez
Deffus leurs feruices paffez,
A créé Chambre de Iuftice,
Pour que Financiers on puniffe.
Mais pourtant c'eft vn à fçauoir,
Si Regente a eu le pouuoir
De fulminer des bulles telles
A fes bons Sujets fi mortelles,
Car c'eft en purs termes de Droit
Tout ce que le majeur pourroit.
Ne tenant lieu que de Tutrice
Et de fimple Adminiftratrice,

Qui ne peut rien fans nullité
Changer durant minorité.
Or ce faifant la bonne Reyne
Sans doute le fonds alliene
Du Roy, noftre Maiftre, fon Fils,
Qu'on fçait eftre au rang des pupils,
Et qui eft dans fon indigence
Secouru de noftre finance,
Si que fans noftre credit prompt,
L'Eftat euft receu maint affront.
Cependant uous donnant la chaffe,
Comme à quelque maudite race,
De nous outrager on permet,
Et par tel Edit on nous met,
Nous, dont l'argent foûtient la France,
Dans le danger de la Potence.
Noffeigneurs, ce confideré,
Il vous plaife de voftre gré
Nous receuoir par ces prefentes
Appellans de telles Patentes,
Tant comme d'abus bien conftant
Qu'auffi de Iuge incompetant.
Mais d'incompetance notoire
Ainfi qu'en auons bon memoire;
Et de tel enregiftrement,
Comme fait precipitément,
Sans pieces veuë, à la volée,
Sans parties oüyes ou appellées,
Sur des deffauts mal obtenus,
Et dites de nouueaux venus
De peu d'aage & d'experience
Dans les matieres de Finance
Qui ne peuuent encor fçauoir
Combien il fait bon en auoir
A titre de Penfionnaire,
Ou bien en quelque autre maniere.
Tant y a que nous foutenons
Que nos moyens d'appel font bons,
Et foit au fonds, foit en la forme
Y a vice en telle reforme:
En la forme, bas Iufticiers
Ne font Iuges des Financiers.
Or Parlement (c'eft voftre grace)
A feulement Iuftice baffe,

Et ſi chaſtier il nous faut
Ce doit eſtre Chambre d'en-haut,
Au fonds voler Prince & Patrie
N'eſt pas vn crime qu'on châtie,
On le ſouffre pour faire court
Aux Prouinces comme à la Cour,
Et loin de le punir en France,
Au contraire on le recompenſe.
Encor d'autres moyens auons
Que bien conſeillez reſeruons,
Puis que celuy cy l'on dedaigne,
Aux aſſiſes d'vn autre regne,
Où connoiſtra poſterité
Qu'en ce, trop vite on a eſté,
Et qu'on fiſt chambre de Iuſtice
Pour manger noueau pain d'Epice,
Et non point pour aucuns ſujets
Vtiles à Prince & Sujets,
Ainſi comme tout chacun conte,
Qui eſt pourtant vn grand méconte.
Donc ſur noſtre appel droit faiſant
Faut, Noſſeigneurs, des à preſent
Declarer cette belle Bulle
Vitieuſe, abuſiue & nulle,
Pour les cas touchez cy deſſus
Et bien d'autres qui ne ſont ſceus :
Du moins nous donner ſur-ſceances,
Ou plutoſt de bonnes deffences,
Faiſant ſur peine d'attentat
Demeurer choſes en eſtat.
Que ſi par vn coup qui nous outre
Nonobſtant l'appel, on paſſe outre,
Sans nullement y deferer
Afin de nous deſeſperer,
Non plus que Requeſte Ciuile,
De chicane dernier aſyle,
Ou propoſition d'erreur,
Voyes de Droit & de douceur ;
Du moins ayans egard aux offres
Que faiſons de vuider nos coffres
De la Finance qu'auons pris,

Vertu de legions d'Edits,
Plains de Cire de mainte ſotte
Mais non pas pourtant aſſez forte,
Ayant pour durer longuement
Beſoin du ſceau du Parlement ;
Et de ces plumes ſouueraines
Qui rendent Patentes certaines,
Et ſans quoy n'y a ſeüreté
D'auancer à ſa Majeſté.
Donnez vne ordonnance prompte
Que parties viendront à compte,
Si deuons, voulons en ce cas
Payer comptant les reliquas,
Que Iuſtice qui nous lanterne,
Contre ſeule bource decerne
Veniat, ou priſe de Corps,
Si bien que corde en ſoit dehors :
Aſſez ce nous eſt d'infortune
De donner tout noſtre pecune
Sans eſtre encor comme lobets
Pendans d'oreilles de gibets.
Et vous, Noſſeigneurs des Enqueſtes
Qui grondez comme des Tempeſtes,
Songez ſans ruer plus grands coups
Que ſommes hommes comme vous,
Que voſtre corps qui ſi haut clame,
Ceſſe de chanter noſtre game,
Suiuant l'exemple du Seigneur,
Qui ne veut la mort du pecheur :
Ayez compaſſion de toute
La Famile de la Maltoute,
Aucuns de vous bien piaffans
Ont l'honneur d'eſtre ſes Enfans :
Du Ciel n'attirez la colere
En faiſant mourir voſtre Mere,
Et ſans deliberer, ſauuez
La vie, à qui vous la deuez,
Pour voſtre ſang fermez la bouche
Et qu'autre intereſt ne vous touche
Faiſant ainſi vous ferez bien,
Et mieux encor, n'en faiſant rien.